나는 행복한 사람

나는 행복한 사람

초판 1쇄 발행   2024년 2월 20일

지은이 | 정수영
만든이 | 이한나
펴낸이 | 이영규
펴낸곳 | 도서출판 그린아이

등록 연월일 | 2003. 12. 02.
등록 번호 | 제2-3893호
주소 | 서울특별시 은평구 녹번로 6-11, 201호
전화 | 02)355-3035
이메일 | gmh2269@hanmail.net

ISBN 979-11-91376-27-2(03810)

나는 행복한 사람

정수영 시집

2015.3.3. 이스라엘 마사다 공원에서

그린아이

주님의 사랑이 융합된
그리운 삶의 메시지

다울 최병준

시인, 서울시인대학 학장, 문학·공학·신학박사, 문학평론가

정수영 시인의 『나는 행복한 사람』 발간을 주님의 이름으로 축복 축하합니다. 시를 통한 엔돌핀을 누리려면 영과 혼의 대화가 이루어져야 합니다. 특히, 영과의 대화를 영성시(靈性詩)로 피워낸 정수영 시인의 시에는 하나님 사랑과 가족 사랑, 자연에 대한 깊은 애정이 봇물 되어 흐르고 있습니다.

시편마다 정교하면서도 깊은 성찰의 메시지가 흐르고 있으며, 내면 깊숙이 숨겨져 있는 감성을 솟구치는 주님의 사랑으로 형체를 그리고 있습니다. 시어의 링크(Link)가 잘 이루어져 있으며, 하이퍼(Hyper) 시도 약방의 감초처럼 등장하여 새로운 맛을 느낄 수 있습니다.

정수영 시인의 "나는 행복한 사람, 가을 사모곡, 감사하고 찬양하세, 내 맘 아시네" 등에서 선보인 "오늘은/예수 보혈의 구원으로/감동과 감사로 살아간다//주님의 십자가 사랑으로/안아 주고 품어 주지 못한/회한의 한 줄기 눈물은/재잘거리는 여울물 되어/은행나무의 얼굴에/수채화를 그리며/하늘 정원 향하는구나//부모님 날 세우시고/하나님은 날마다 보물 같은/오늘을 주시고/거친 감람나무에 예수님 못 박아/더러운 내 죄 다 씻어 속량하시고/천국 소망으로 참 행복 주셨다" 등의 시어들을 주님께서 주신 메시지로 승화시켜 한 송이의 꽃으로 피워 내고 있습니다.

　　정수영 시인은 시를 통한 복음 전파와 주님의 사랑을 실천하는 정열적인 마음을 소유한 상태임을 알 수 있습니다. 그의 시에는 21세기 문명 속에서

현대인들이 목말라하는 사랑과 은혜 그리고 희망 등의 메시지들이 포함되어 있습니다.

칼릴 지브란은 "시인은 그가 가는 곳이라면 어디라도 따라가는 언어의 아버지요, 어머니이다. 그가 죽으면 언어는 뒤에 남아 그의 무덤 위에 몸을 던지고는 다른 어떤 시인이 와서 일으켜 세워 줄 때까지 슬피 흐느껴 운다."고 했습니다.

여기서 말한 "다른 어떤 시인"이란 그가 노래한 그리운 사람과 기도하고 있는 주님 사랑의 대상일 수도 있습니다. 시를 통한 복음 전파와 주님의 사랑을 실천하는 열정적인 마음을 소유한 상태임을 알 수 있습니다.

시냇가에 심은 나무가 철을 따라 열매를 맺으며,

그 잎사귀가 마르지 아니함 같으니 결실의 계절에 독자님들의 가정과 직장, 사업장에도 시향이 가득하시고 형통하시기를 기도합니다.

주님과의 대화로 착상한 시들이 이 시대의 빛과 소금의 역할이 되기를 기도하오며, 시에 숨겨진 주님의 메시지를 찾아 깊은 묵상으로 은혜 받는 독자들이 되시기를 적극 추천합니다.

내가 산을 향하여 눈을 들리라
나의 도움이 어디서 올까
나의 도움은 천지를 지으신 여호와에게서로다.

(시 121:1-2)

첫 시집 『시가 하늘길 열었다』를 출간하고 2년 만에 두 번째 시집을 낼 수 있도록 인도해 주신 주님께 진정 감사드리고, 특히 나의 설레임과 두려움이 교차하는 마음을 이기고 극복하고 용기 내어 출간할 수 있는 마음 주심에 더욱 감사합니다.

성경의 다윗 시편을 보면 하나님을 찬양하는 시; 경배와 탄원의 기도시가 많이 쓰여져 있습니다. 우리가 살아가는 세상에서는 사람마다 다양한 삶이 있고, 작가는 그러한 삶 속에서 한 편의 시를 끄집어냅니다. 그 작품을 통해 독자가 얻는 상상력과 그에 따른 감동은 다시 독자의 수만큼 매우 다양합니다. 작가의 상상력이 작품으로 표현되고 독자들은 이를 자신만의 상상력으로 읽어내기 때문입니다. 바로 이것이 문학의 존재 이유며 목적이 됩니다. 밝고 진솔한 마음과 곱고 따스한 가슴을 나

뉘 보고자 하였습니다. 이 시집이 서로 뜨거운 위로가 되고 크나큰 용기가 되어 저마다 소망의 씨앗을 정성스럽게 심고 가꿈으로 우리들 인생의 꽃밭이 더욱 풍성하여지기를 갈망하였습니다. 이 시집은 먼저 천국으로 간 아내에 대한 그리움과 추억, 살아오면서 느낀 기쁨과 슬픔, 일상생활과 풍경 등을 시의 언어로 풀어서 적어 보았습니다.

추천의 글을 써주신 최병준 서울시인대학장님, 늘 변함없이 기도와 격려와 용기를 북돋아 주신 둔산제일감리교회 문상욱 담임목사님과 권태희 사모님, 시작(詩作)에 많은 지혜와 도움 주신 쉴만한물가작가회 강순구 회장님, 그리고 저를 아껴 주시는 선후배 작가님들, 기도와 사랑으로 힘이 되어준 둔산제일감리교회 교우들과 송성협, 경아, 다정 등 가족들에게도 진심으로 감사를 드립니다.

돌아오는 갑진년 새해 하늘 참 소망을 꿈꾸며
2023년 12월 대청호반 둘레길 카페에서
미산(微山) 정수영

\<차 례\>

제2부 호반의 트레킹

제5부 시(詩)가 하늘길 열었다

제1부

나는 행복한 사람

나는 행복한 사람

그렇게도 가슴 아리고
슬픈 사연이 낙엽처럼
소복소복 쌓인 과거일지라도
낙망과 후회하지 않고
감사함으로 가슴에 쓸어 담고

돌아올 내일은
독수리 날개 치며 올라감과 같은
무지갯빛 하늘 소망으로
꿈을 꾸며

세상이 주지 못하는
주님이 주신 선물
오늘은
예수 보혈의 구원으로
감동과 감사로 살아간다
나는 행복한 사람.

가을 사모곡

가로수 은행나무 이파리가
나들이 화장하고
라떼 커피 속으로 들어와
가을 찬가를 부른다

내가 그리도 미워
먼저 떠나버린 당신
가슴 휘비고 목까지 치미는
아린 그리움
라떼 커피 거품 속에서
보글보글 끓어오른다

주님의 십자가 사랑으로
안아 주고 품어 주지 못한
회한의 한 줄기 눈물은
재잘거리는 여울물 되어
은행나무의 얼굴에
수채화를 그리며
하늘 정원 향하는구나.

감사하고 찬양하세

머언 태초에
하나님 나를 계획하시고
부모님은 나를 낳으셨다
그 사랑 감사하고 기뻐하세

하나님은 필요를 날마다 공급하시고
부모님은 나를 걷게 하셨다
그 은혜 태산보다 높고
바다보다 깊고도 넓다
그 사랑 감사하고 기뻐하세

부모님 날 세우시고
하나님은 날마다 보물 같은
오늘을 주시고
거친 감람나무에 예수님 못 박아
더러운 내 죄 다 씻어 속량하시고
천국 소망으로 참 행복 주셨다

그 은혜 하늘 위에 하늘보다 높도다
그 사랑 감사하고 기뻐하며 찬양하세.

내 맘 아시네

내 맘에 한 장의
도화지를 펼쳤다
하얀 도화지 위에
댕기머리 들꽃 한 송이가 피었다

지우고 나니
빨간 목백일홍꽃 피어나며
내 사랑 순이를 향한
진한 그리움이 풀무불에 타고 있다

생떼써 다시 지운다
깊게 흠집 난 내 영혼
주님은 가만히 다가오셔서
살포시 보듬어 주신다
웃으시며.

들국화

떼기러기 숨가쁜 나래짓 따라
핏기 잃은 산야는
바르르 계절 속으로 묻히고
까치 우는 재 넘어 긴 팥밭엔
거둠질도 버얼써 끝나
콩깍지 뒤지는 까투리와 장끼가
깃 부벼 모닥불 지피우고
어디선가 또르르 도토리 떨어지는 쇳소리
심연(深淵)에 조약돌 던진다

샛바람 못 이겨
훌렁 알몸 드러낸 오솔길
횡으로 횡으로 선(線)을 그어
저만큼 멀어져가는 추억의 자락 휘어잡고
여윈 햇살 숲머리에서 서성이는데
그늘진 한 모퉁이에 옹크린
새초롬히 몸단장한 한 떨기 들국화

분홍 댕기 길게 늘어뜨린
먼 옛날 누님이었어라
스무 해 나날이 영글어 온 소망
분 내음 화사한 나들이
끝내 이룰 수 없는 애끓음은
그리도 소중한 누님의 당목치마에
피멍으로 얼룩지게 하였나 보다.

산백합화

까만 밤엔 별빛 받아
사랑 노래 익히고
새벽엔
정한 이슬 머금고
눈길 피해 고이 자라온
산백합화 예수

가슴속으로 타오르는
인류 향한 사랑
헛되지 않도록
삼십삼 년을 품어온
산백합화

끝내 인류 위해
아니 이 죄인 위해
십자가에 달린 주님의 보혈
꽃말 '변함없는 사랑'을
내 맘속 깊이 새기고
또 새겨보네.

꽃 5(목백일홍)

2015.3.3. 이스라엘 마사다 공원에서

탁 트인 태평양으로
뻗어 나가는 남해
진홍 목백일홍 불타는 해변길
이곳 순례자가 하늘 소망 이루어
저 높은 곳에서
안식하고 있는데
함께하던 또 다른 순례자는
올해도 꽃핀 해변길 다시 찾았네

걷는 발걸음마다
그날의 추억에 흥건히 젖어
뼛속 깊이 저려오는 그리움
목화송이 구름 핀 하늘 쳐다보며
다시 만날 소망을 잉태하네
진홍 목백일홍아,
꽃말 '부귀'처럼
참 풍요롭고 고상하구나.

루드베키아

노변 공원
즐비하게 핀
루드베키아꽃

진노랑 얼굴
생긋 미소 지으며
해바라기 닮아
해님 쫓아다니는
너,

오직 주님만 바라기에
'영원한 행복'이란
꽃말을
홀로 독점하는가.

그리움

깊은 산골짜기
무거운 침묵의 숲
바위이끼 적시며
바다가 못내 그리워

틈새 물이 흐느끼듯
라떼 커피 한 잔
즐기는 맘속엔
하늘 정원으로
슬며시 숨어버린
그 사람

사뭇 그리워
뜨거운 눈시울에
강물이 흐느낀다.

그대 생각

초록색 마술사가
온통 혼탁한 세상 뒤덮는
오월

봄비가 촉촉이 내린다
카푸치노 커피 한 잔
목화송이 거품 저 너머로
생각은 날개 달고
어디론가 날아가고
종이컵 쥔 손바닥엔
누구의 따뜻한 체취인가

스멀스멀 파고드는 걸까
비 오는 바깥 날씨가
기승부릴수록
손에 쥔 종이컵 체취도
무섭게 끓어오른다

주님은 내 맘 아실까.

화이트 크리스마스

동짓날이 지난 적막한
산속 숲 카페
길손의 라떼 커피잔엔
흰눈처럼 거품이 풍성하다

눈은 성탄 전날에도
소복소복 쌓여 동방박사를 맞이한다

제사장이 드리는 양의 피는
주홍 같은 인간의 죄
깨끗게 씻기에는 역부족인가
주님은 소중한 독생자 화목제물로
아기 예수를 이 땅에 보내셨나

동방박사 선물 등짐 지고
광명한 별 따라 예루살렘성에 멈췄다
온 인류의 큰 경사가 났다
할렐루야 화이트 크리스마스
아기 예수 탄생하셨다

하늘에는 영광, 땅에는 평화로다.

하얀 밤

커피향에 묻어나는
농축된 하얀 그리움

하얀 눈밭 거닐며
입김으로 몸 데워준
추억도 따라나선다

별빛 반짝이는
이 밤 나서면
그리움으로 만든
하얀 눈사람
그대 만날 수 있을까?

소소한 행복

보드라운 아가 뺨 닮은
아침 햇살
창밖에서 방글거리고
바람은
그윽한 꽃향기
듬뿍 안고 살랑거리며
스치는
풋풋한 새 아침
은 쟁반엔
카페라떼 두 잔
볼 붉히며 수줍어하는
사과 두 알
그대
우린 분명 행복한 연인이죠
주님도 함께하시니.

하늘만 바라보자

여름비가
토닥토닥 내린다
바쁜 일상
잠시 내려놓는다

좌절과 실망의 쓴 고통
날마다 파도쳐오는
땅의 삶
고개 숙이고
땅만 보고 걸어왔다

카푸치노 커피 한 잔 놓고
자연이 주는 선물
백색 소음을 즐겨본다
어두운 하늘은
옥구슬 비를 내린다

무상으로 주는

헤아릴 수 없는 은혜
벅찬 구원의 참 하늘 소망
난 날마다
하늘만 바라봐야겠다.

산새의 사랑

커피잔 너머 창밖
발갛게 익어가는
능금나무 가지에
한 쌍의 작은 산새

보금자리 찾을 생각도 잊은 채
부리를 맞대고
지는 석양을 불태우며
사랑노래 부르네
영원 속으로
이어지기를 갈망하며.

제2부

호반의 트레킹

호반의 트레킹

안성팔경 금광호반
박두진 시인의 시향이
모락모락 이는 수변 둘레 데크길
녹음은 조용히 숨쉬고
넓은 호반의 얼굴은 하늘빛 받아
초록 꿈 잉태하고
깃털 바람결은 누구의 손길을 닮았나

부드럽게 가슴 파고들어
시간 속으로 숨어버린
추억의 모자이크 조각들 찾아온다
외돌아진 모퉁이 옛 집터에는
얼굴 넓적한 벽오동 아가씨가
의미 모를 미소 짓고 있다

호수의 젖줄 작은 계곡마다
이름 모를 작은 새들은
초록 덤불 숲 초막 지어
창조주와 은밀한 속삭임으로
적막한 호반의 한낮을 지킨다.

행복한 사람

어느 날
꿈앤카페서 만난
소엽 국화꽃님
꺾어 방에 두고 보기엔
여리고 앙증맞아
그대로 두고 왔다

뭇 사람들에게 행복한
미소 나눔이가 되기를 바라며
나는 먼저 섬기고 아끼며 내려놓고
포기하며 희생하는
예수 사랑 흉내 내며
먼 곳에서 그저 보기만 하리라

귀여운 소엽 국화꽃님이
맘껏 홀로 꽃피우게 하는 것
그것 또한
행복한 사람이리라.

내 사랑 순이야

올해 여름도 어김없이
서해안 도로변
빨간 목백일홍꽃이
뜨거운 열정을 토하며
천상의 노래를 부른다

내 사랑, 순이야
숨가쁘게 질주하는 파도를 타고
달려오는 그대의 환영(幻影)은
노변 목백일홍꽃의 가슴 헤집어
그 옛날 동산의 솜사탕 추억을
알알이 끄집어 내는구나

금세 하늘의 해와 별과 달이 숨어버리고
빨간 목백일홍꽃
환한 미소 속으로
아기 천사가 나타나
하늘정원을 가리킨다
영원한 생명과 안식이 있는.

타임머신

시간이 멈추어진 방동 저수지
파란 하늘이 마실 오고
주변 산도 색동옷 입고 소풍 나왔다
저수지의 얼굴엔 잔주름도 없고
근심도 없어 보인다
무심히 지나던 길손은 발걸음을 멈춘다
갑자기 찾아온 상념이 나래를 펼친다
갑사댕기 순이와 뒷동산 보름달을 따고
진달래꽃 화관 쓰고 해변 따라 초록 꿈 키웠던
잊을 수 없는 그리운 수많은 추억들이
타임머신 타고 와
잠자는 저수지를 휘젓는다
이것 또한 지나가리니
하늘 소망 바라보라며
파란 하늘의 저수지를 덮는다.

눈싸움 커피

먼 옛날
우리가 처음 만났을 때
커피잔을
서로의 앞에 놓고
시선을 마주할 수 없어
커피잔은 데드라인 되어
엇비스듬이
흘겨보던 애송이 시절

커피는 색도 바래고
온기도 사라졌지만
맘속은 활화산 되어
겨울 커피가
여름 커피로 둔갑한
순정의 그 커피

그대는
지금도 기억하나요

난 날마다 홀로 마셔요
그 순정의 커피를
하늘 소망으로.

반딧불

장작 모닥불은
여름 하루해를 마냥 달구어
후끈한 열기로 가득 메운
까만 숯덩이 밤

풀벌레 전원교향곡 흐드러지게 퍼지는
실개천 어느 풀섶 떨기선가
작은 유성이 솟구친다

별 하나 나 하나
별 둘 나 둘
별 셋 나 셋…
누가 쏘아올린 불꽃놀이인가

힘차게 솟구치고
유연하게 흐르고
곧게 추락하며
화려한 추상화를 낳는다

배 끝으로 뿜는 가냘픈 형광

베틀북 씨줄 되어

상념의 뒤안길 깊숙이 파묻힌

조각난 지난일들 파헤쳐

날줄 속 들락거리며

향수 어린 피륙을 곱게 짠다.

진혼곡

찬란한 태양 아래
뭇 생명들이 꿈틀거리고
이슬도 영롱한 녹음 짙은 6월이 오면
흐느낌 속의 진혼 나팔소리
올해도 어김없이
금수강산 고을고을 집집마다 울려퍼진다
어느 누구의 진한 피눈물 희생의 노래인가
임들이여, 용사들이여

오늘 우리나라는
세계열강과 어깨를 나란히 하는
10대 경제대국의 풍요로운 부를 누린다
대한민국, 코리아 명성을 만국에 널리 떨치며
살맛나는 아름답고 행복한 삶을
마음껏 살아가고 있다
누가 빗발치는 괴뢰 집단의
총탄막이가 되었는가
임들이여, 용사들이여

오늘도 우리는
샬롬 하면서 서로가 반가운 인사 나누며
들고양이조차 한가로이
강 같은 평화를 누리며 살아가고 있다
소나기에 꽃잎 떨어지듯 산화한
무수한 청춘 용사들의 죽어야 사는
순교자들의 위대한 사명 때문 아닌가
임들이여, 용사들이여
조국은 그대들의 숭고하고 지순한 넋을 잊지 않고
오늘도 내일도 품고 또 품으리
영원히 말입니다.

쥐불놀이

설빔으로 분홍 댕기 늘어뜨리고
하얀 광목 저고리 깜장 당목 치마에
자줏빛 종아리 드러낸 누이랑
해 저물도록
메뚜기처럼 뜀뛰며
냉이랑 씀바귀 뜯던
바랭이 무성한 논밭두렁에
누군가 불 지펴 쥐불놀이 연기를
모락모락 피운다
타고 남은 잿빛 잔해 속으로
실아지랑이 너울 휘감는
한 움큼 추억의 새싹이
어느새 파릇파릇 돋아난다.

착각

가난한 영혼
그대여
눈썹달 저무는
혼돈 속으로
스물스물 밀려오는
진한 그리움은
금세 녹는
달콤한 아이스크림
환상을 불러오누나
내 영혼아
너
잘 포장된 길 따라
마라토너로 뛰기만 하면
하늘정원에
머물고 있는 그리운 당신
언제든 만나리라는
착각 마라.

천사의 나팔

하늘 닮아
잎조차 넓적한
천사의 나팔꽃
싱그러운 봄기운
마냥 받아
삶을 불태우는
여름 속에서도
하늘 아래 이 땅을 향해
겸손히 양각(羊角) 나팔을 분다

꿈꿀 수 없어 무너진 가슴
지치고 상한 심령
그 무엇이
진정한 소망인 줄 모르는
세상 사람들아
이 땅이 아닌
위를 바라보라 한다.

지치고 고통스러운

지치고 고통스러운 어두움의 내 여정에
영원한 사랑과 생명 되신 신실한 나의 예수님
험난한 골고다 십자가 보혈로 대속해 주셨네
나 이제 그 믿음 붙잡고 소망으로 살아가요
나 그 은혜 그 사랑과 영원히 같이 가겠네

실패와 질병으로 어두움의 내 인생에
밝은 참빛으로 찾아오신 영원한 나의 예수님
진리와 능력의 말씀으로 죽을 죄인 살려 주셨네
나 이제 그 약속 붙잡고 소망으로 살아가요
나 그 기쁜 구원의 소식 땅끝까지 전하리.

추억 5(갈매기 부부)

고운 빛 살며시
덧입히는 초가을 해변
금빛 모래밭
회색빛 차림의
하얀 스카프 두른
갈매기 한 쌍
부리 부비며
수평선 보고 또 부빈다
해변 카페 블루밍에 머문
길손은 하얀 해파랑 이는
라떼 한 잔 시켜 놓고
먼 수평선에 시선을 고정한다
지금은 하늘 정원에서 노니는
그대와의 뜨거웠던 추억이
산더미 해파랑 되어
내 가슴으로 돌진한다
미친 듯이.

카네이션꽃

올해도 어김없이
지구별이 몸을 뒤틀어
오월을 데리고 왔다
골 깊은 숲에는
지난해 어미가 들려주었던
사랑의 노래가 그리워
장성한 뻐꾸기가 되어 찾아왔고
카네이션꽃도
빨간 미소 함빡 지으며
신바람으로 찾아왔지만
어버이는 이미 소천하여
오월의 하늘만 바라보는
아들은
진한 그리움과 회한으로
뜨거운 강물만 쏟아내고
영혼의 본향을 향해
두 팔 벌려 기도한다
주여 영원한 안식 주소서.

탄금대

머언 옛날
열두 대(臺) 큰 바위를 끼고
유유자적 흐르는 남한강
우륵이 가야금의 선율로
서정을 노래하던 그곳 임진년 왜군은
잠기지 아니한 이 나라의 대문을 부수고
고요한 아침을 요란하게 깨웠다
부산 앞바다를 개울 건너듯 하고
거침없이 중원 뜰 탄금대까지 물밀듯 치고 올라와
개미떼와 같이 남한강을 에워싸고
조총 포 불꽃놀이로 산야를 태웠다
백의민족의 얼은 핏빛 낙엽처럼 흩어지고
아비규환 절규가 굽이쳐 흐르는 남한강
열두 대(臺) 큰 바위 앞에 신립 장군과 그 수하 군병들이
육탄(肉彈)으로 배수진(背水陣)을 쳐
왜병들의 급물살을 잠시 막았다
지금도 가을이 오면
탄금대(彈琴臺)의 충혼탑 열두 대 큰 바위 주변

나뭇잎들이 붉다 못해 진홍 핏빛으로
굽이치는 강물 위로 슬프게 흐른다
아아, 누구의 장렬한 순국(殉國)의 피눈물인가.

파수꾼

원초적 어두움이 켜켜이 깔리고
중력은 쉼없이 숨통을 옥죄는
시골 어느 거름더미 밑 땅속
참매미 굼벵이는 칠 년의 기다림을 떨치며
가슴 터지는 큰 기지개를 켠다

거추장스러운 겉옷 훌렁 벗어버리고
머리에는 각질의 투구를 쓰고
몸뚱아리에는 투명한 유리 날개 펼치며
청아한 울대 다듬어 세상 출격의 나팔을 만든다

칠 년의 진통 참고 태어난
한 이레의 짧은 삶
아이야 그럴지라도
세상을 깨우는 참소리
담대히 양각나팔 부는
파수꾼 되거라.

제3부

코스모스 애가

코스모스 애가

마음에 담기에
넓고 청명한 하늘
살찐 망아지가 되었는가
저 멀리 높게 훌쩍 달아나고
모든 열매들을 다투어
토실토실 살찌우는
이 가을에
고추잠자리의
흔들이의자 노릇조차 못하는
너, 코스모스여
엄마 잃어버린
어린 소녀의 눈망울에 피어난
슬픈 꽃
너, 코스모스여!

너를 지으신 분 안에서
실바람에도 경련하는
가냘프고도 겸손한 모습

이 가을에
굴지의 꽃으로 거듭나는
영광의 은혜를 입었는가 보다
허리가 마냥 가냘퍼 슬픈
너
코스모스 꽃이여.

천사대교

남해와 얼굴을 맞댄
서해 신안 앞바다
창조주 사명 받은 천사는
천사 개 섬 흩어
바다에 천상화를 그려놓았다

신안 압해읍 암태면 섬을 잇는
시오리길 대교를 놓아
천사 개의 섬이
하나의 구슬로 꿰어 오작교 전설을
푸른 파도에 던져 버리고
달빛 초롱불 삼아
없었던 밤마실을 낳았다

별빛 쏟아지는
조용한 해변 따라
견우직녀의 애틋한 사랑도
날마다 소곤거리게 되어 행복하다

천사도 천사 개 섬을 무시로 돌며
무지갯빛 하늘 사랑의 메시지
전하고 또 전한다.

청사포구에서

삶의 애환과 추억을 빼곡히 실어 나르던
동해 남부 철도가 끊어진 그곳 포구
엔젤 이너스 커피숍이 길손을 반갑게 맞는다

먼 망망대해로부터 달려오는 성난 파도를
잠재우는 방파제가 믿음직한 청사포구
젖먹이 엄마의 가슴 같은 포구 안
어선 서너 척이 정박 요람의 평안을 누린다
빨강 하양 색색으로 도색한 두 개의 등대
밤길 밝혀 주기 위해 게으른 낮잠을 즐기고 있다

묵직한 방파제 위에는 외지에서 찾아온
낚시꾼들이 한가로이 쪽빛 가을 바다를 낚고
하늘 소망으로 외로운 순례길을 가고 있는
길손의 머리 위로는 갈매기 한 마리가 날며
아름다운 동행을 노래한다.

죽음에서 나 구원받았네

(1)
세상부귀 좋다 죽음의 벼랑 끝에 선 이 죄인의
진홍 같은 죄악 조건 없이 예수님 구원하셔서
발길 닿는 곳 어디서나 천국 삶 누리게 하시네
(후렴) 나 이제 감사하며 기쁨으로 그 복음 전하며 살겠네

(2)
험한 이 세상 내 욕심과 내 생각대로 살아왔던
영 죽을 수밖에 없었던 죄인을 주님 대속하셔서
주의 피 묻은 십자가 은혜로 영생 복락 누리네
(후렴) 나 이제 감사하며 기쁨으로 그 복음 전하며 살겠네

(3)
세상 유혹과 명예 좋다 마귀 올무에 깊게 빠져
헤어 나올 수 없었던 이 죄인 주님 속량하셔서
근심걱정 떠나가고 기쁨 평안 소망 누리네
(후렴) 나 이제 감사하며 기쁨으로 그 복음 전하며 살겠네

주왕산 갈잎

청명한 가을 하늘
상처투성이 바위등 타고
계곡물이 억겁의 비밀을
속삭이며 흐르는
주왕산 이 십리길
진액 퍼올려
만리향 꽃향기 피우며
알토란 열매 맺어온
당당한 갈잎들이
이제
모든 것 다 포기하고
또다시 새싹 틔울
소박한 소망으로
맑게 흐르는 계곡물에
지난날의 환희와 아픔 흘려보내며
새 생명 틔울 준비를 하는구나
나도
그렇게 한 알의 밀알 되길.

오동도

가냘프고 매끄러운 설대는
해풍에 보드라운 단발머리를 날리고
해송은 풋풋한 가슴 활짝 열고
두 팔 길게 뻗어
힘차게 하늘 떠받치는
오동도 작은 숲길에는
포세이돈
바다의 신이
뭍을 향한 그리움을
안으로 삭이지 못하는가 보다
철썩이는 푸른 파도로 변신하여
벼랑 끝에 부딪혀 울부짖으며
진한 각혈 마구 토해
그리도 빨갛고 빨간 동백꽃을 피우고
또 피우는가 보다.

설봉산 산행

혼돈의 머언 옛날
설봉산이 꿈꾸며 기도하였는가
약수터를 많이 낳았다

구암, 천경대 약수터
수정 돌물 흐르는 계곡
자목련이 답답한지 가슴 열고
키다리 하얀 철쭉도 맘문 열어
그리움 담은 꽃잎 엽서
한 장 또 한 장
그리고 또 한 장
어디론가 띄우고 있다

이름 모를 몇 마리 작은 물고기는
숲을 꿰뚫고 쏟아지는
봄볕에 묻은
혼탁한 세상에 찌든 티끌
자맥질로 한가로이
씻어내고 있다.

병상

희고
차가운 콘크리트벽
모가 뚜렷한 작은 공간
상념은 깃을 펴
햇살 보드라운 들녘 좇아
나들이 간 시간

덩그렇게 남은 육신은
로봇으로 서성이고
플라스틱 작은 주사기 노오란 액체로
생을 위한 작은 몸부림이 애처롭다

발목 시린 겨울눈이
차고 하얀
산더미 파도 탈 쓰고
뭉퉁한 시침에 떠밀려
숨통을 죄어 오는데
창밖 파란 하늘엔
작은 새 한 마리가 높이 치솟는다

다드림

빠알간 꽃
창조주가 5월의 화염에 놀라
얼떨결에 빚은 꽃
장미꽃이여

밤새 별빛 받아 정갈한 이슬에
까만 머리 촉촉이 감아올리고
속박의 스무한 해
심연의 바닥에 고이 모아
진한 앙금으로 숨겨왔던
작은 소망 피우기 위해
그리도 수줍어 빨갛게 타오르는
가냘픈 가슴 겹겹이 풀어 헤치고
붉은 동녘의 아침을 내달아 맞는
5월의 여인이여

이제
훌훌 껍질 깨고 다시 태어나

풀벌레 청아한 울대 빌려 목청 가다듬고
뜨락 앵두 따다 입술 붉히고
창조주를 향해 두 팔 벌리고
모든 것 다 드리라
기뻐 찬양으로 고백한다.

능금

하얀 코스모스 잘록한 허리춤에
매달린 빨간 고추잠자리
모시 날개 다소곳 깔고
한가로이 졸고 있는 시골길

회색빛 콘크리트 밀림 속을
가위 눌려 빠져나온 길손
달리는 차창 밖으로
살며시 와 닿는
금빛 가을 햇살 푸근히 받아
뺨 붉히는 언덕배기 팥밭
과수원 능금

겨우내 자양분 빨아들여
거친 피부 곱게 손질하고
이른 봄 헝클어진 머리 다듬어
매무새 단정히 추스르고
봄 여름 가을 나날을 두고

수시 가루분 뿌려 얼굴 씻겨온
농부의 뭉툭한 손가락 마디에 맺힌
진한 피멍은 빠알간 능금

주렁주렁 잉태하기 위한
진한 흔적인가
화려한 네온 등에 그을린
길손의 무딘 가슴은
농부의 피멍도 까맣게 모른 채
능금빛 꿈만 따 먹는다.

성도의 삶 2

계룡산
동학사 등산로 길
시리도록 찬 계곡물이
겉과 속을 다 내보이며
생기 넘치게 흐른다
숲 카페 라떼 커피 한 잔
주변의 숲 나무들이
자기만의 독특한 체취 향을
흩날린다
나도
그렇게
속사람 겉사람의 모습
다 내보이며
성도의 삶
살아가고 있는 걸까.

반려자

무적의 용사 분초
차곡차곡 쌓아 시간을 낳고
계절을 만들고
역사를 써간다
폭우도 광풍도 막을 수 없고
동장군이 와도
한 발자국 뒷걸음질치지 않는다
물을 끓게 하고 꽃봉오리 피우고
산야를 신록으로 덧칠하기도 한다
질주하는 차를 피하게 하여
생사의 갈림길이 되기도 하고
천수(天壽)를 마침내 채우게 하여
하늘문을 여는
오직 믿고 사랑하는 자에게는
생명의 빛이 되는
그는
인류 삶의 반려자.

신작로

갑사 치마 저고리
분홍 댕기 제비연 날리는
푸른 오월의 단오절이 오면
창포물에 흠씬 감아올린
윤기 흐르는 여인의 까만 머리
한 점 정수리 향하여
긴 외곬 가르마 신작로가 시원하다
가슴 떡 벌린 건장한 포플러 가로수
근위병 위용이 하늘을 찌른다

보리 싹이 미풍 타고
초록 파도 몰고 올 때면
겨우내 뒤꼍 헛간에 모아둔
기름진 두엄 실어내는 신작로
모시 잠방이 걸친 말매미
굴참나무 자락 부비며 울 때면
땡볕 뜨거운 여름으로 빨갛게 속 채운 수박
풀 물먹은 줄무늬 개구리참외를

실어 나르는 신작로
섬돌 밑 귀뚜리
앞날개 떨어 서정(抒情)을 노래할 때면
땀 먹어 누렇게 살찐 볏가리 싣고
덜크덩덜크덩
게으른 소달구지 밤자갈 튀기며 다니는
외곬 가르마 신작로

콧날 깎는
회색빛 겨울이 오면
가난하고 외롭고
설운 사람들이 돌부리 채인 큰 아픔
어금니 물고 걷던 가르마 신작로
지금도 투명한 회상의 옹달샘엔
뭇 군상(群像)들의 그림자가
아스라이 명멸(明滅)하는
외곬 가르마 신작로.

어느 떠남

까만 밤하늘
태초의 신비가 잔잔히 흐르는 은하수
가슴 넓은 대지의 훈훈한 정기
가득 머금은 싱그러운 바람과
뜨거운 밀회가 있었습니다

얼마 후
오색영롱한 새벽이슬은
까닭도 모른 채 태어나
이름 모를 풀잎 새 거미줄에
대롱대롱 매달려
무지개 꿈을 키웠습니다

생각지도 않게
갑자기 목 죄며 찾아온
장작 모닥불 태양은
먼 길을 재촉했습니다
아직도 할 일 많이 남아 있는 이슬

금빛 농우의 슬픈 눈망울 되어

정든 풀잎새

뒤돌아보고 또 보며

큰골 이루는 잎맥 따라 서럽게 가고

텅 빈 그 자리엔

또 다른 떠남이 초조하게 서성거립니다.

바랭이풀

맑고 시린 가을 이슬에
나들이옷 적시울까 조바심이 나
할아버지 은빛 턱수염같이 희고 긴 꽃술을
우산살처럼 주욱 펴고
북새통을 이루는 논밭둑의 바랭이 군상들
보드라운 잎새 갉아먹는 애벌레 기어와도
자양분 오르내리는 수맥에 빨대 박으려는
진드기가 몰려와도
몸통까지도 자르려고 하는 험상궂은
깍지벌레 찾아와도
그 순박한 군상들은
티끌에 찌든 세상에 베푸는
사랑의 표상인 양
아무 나무람도 없이
그저 넉넉한 미소만 띄운다.

제4부

접시꽃 미소

접시꽃 미소

오월의 찬란한 금빛 햇살이
산야와 도시 가로수를 신록으로
풍성하게 살찌운다

지나는 생활인의 걸음조차
새털 깃으로 날게 한다
대로변 코너에 자리 잡은
열방을 향해 비상하는
비행기 모형의 십자가 로고 선명한
세계로란 이름의 암 병원이 자리 잡고 있다

넓은 현관을 드나드는 뭇 사람들의
해연의 깊은 곳으로부터 피어오르는
어두운 그림자를 어쩔 수 없는 듯
흐느끼며 신음하며 초조해하는 환자들이
천근의 황소걸음을 걷는다
바로 현관 앞 자투리 정원에는
훤칠한 키에 넓적한 얼굴의 접시꽃 몇 그루

드나드는 모든 사람들의 아픔 품고
태양은 내일 또다시 떠오른다는
용기를 북돋우며
사랑 넘치는 함박 미소를 터트리고 서 있다
행인들의 지친 애환까지도 안으로 품으면서.

동백의 꿈

회색빛 아파트 단지
한 뼘 뜰 안에
한 그루 외롭다

북풍한설 어금니 물고
온 정열 쏟아부은
인고(忍苦)의 시간들

창조자의 외면으로
비 한 줄기 없어
풍만한 가슴 열고
빠알간 미소 짓지 못하면
그 모든 것이
무슨 소용 있으랴.

무궁화꽃

창조주는
온 땅을 빚고
셋째 날 풀과 나무와
무궁화 나라꽃을 지으셨네
옛 고조선 이전부터
외세 침탈은 오늘에도
멈추지 않고 이어지고 있어
치욕과 수모의 나날들이
나라꽃을 더욱 붉게
물들인다
꽃말 '일편단심, 영원'처럼
진홍 각혈 토해
낱낱이 꽃잎에 아로새겨
역사와 나라를 지켜왔고
미래도 그리리라
주님이 주신 사명임을
다짐하면서.

영춘화

가냘픈 몸매
노란 미소
기쁨을 함빡 토해 내는
영춘화
엄동에 얼마나 힘겨운
싸움이었을까

꽃말 '희망'처럼
봄을 피우기 위한
한 가닥의 강한 희망이
다른 꽃들보다 앞서
노란 미소로 새 봄을
영접하는가 보다

뭇 초목들의
부러움의 시선
듬뿍 받으며
나도 험난한 세상
십자가 사랑으로 이기고
하늘 소망 이루리라.

부레 옥잠화

장마로
시꺼먼 구름은
하늘을 목조르고
정원 한쪽에 놓인
넓은 항아리 안에
피어오른 부레 옥잠화

하얀 꽃잎 바탕에
자줏빛이 상큼하다
꽃말 '승리'처럼
무덥고 어두운 여름 낮
빛으로 떠오른 모습

정녕 여호와 닛시인가
홀로 쏘옥 피어 나부낀다.

인동꽃

마을마다 절규하는
기미독립만세 함성에
놀라 울음 터뜨리며 태어난
울 아버지

무성한 덩굴 인동꽃 닮은
울 아버지
빼앗긴 나라 겨울 속에도
한계 상황 도전하며
군병처럼 살아왔다네

꽃말 '헌신적인 사랑'처럼
일제 강점기 나라 위해
은근과 끈기로
꿋꿋하게 버티어 왔던
필부 울 아버지

인동꽃처럼 살다
꽃처럼 하늘 정원으로 가셨다.

들꽃

들과 산에
무성하게 자라며
흐드러지게 꽃 피우는
이름 모를 들꽃들

누군가의 발길에 밟혀도
금세 제 얼굴로 돌아오는
이름 모를 들꽃들
수많은 들꽃들이기에
꽃말도 수없네

아기 보듬어 안고
자장가 흥얼거리다
먼저 잠들던
들꽃 같은 어머니

이름 모를 꽃이어도 좋으니
수만 년 오래오래 피소서
하늘 정원에서도
영원을 누리소서.

금계국

흙먼지투성이 노변
작은 얼굴에 넉넉한
미소 머금은
진노랑의 금계국

깊은 산계곡물 닮았는가
어머니의 살가운 손 되어
거친 세상에 응어리진 사람들의
아린 가슴

너의 꽃말 '상쾌한 기분'처럼
시원하게 씻어주네

나도 주 안에서
상쾌한 기분으로
오늘을 살아가리라.

해바라기꽃

훤칠한 키
시원한 미소의 선남선녀
해바라기꽃

환경과 친화력이 좋아
어디든지 잘 적응하여
많은 사람들로부터
사랑과 흠모 받는 꽃

꽃말
'프라이드'처럼
오만하게 자기를 드러내며
태양 쫓는 우상바라기
해바라기꽃아

이제 내 네 이름을
주바라기라 부르리라
내일의 영원한
하늘 소망을 위하여.

상사화

뜨거운 여름의 시작
오뉴월
이파리가 쇠잔하여 죽고
태양이 작열하는
팔월

이파리 없는 피침 모양의
상사화가
요염한 자태를 뽐내네

꽃말
'이룰 수 없는 사랑'처럼
이파리와 꽃이
숨바꼭질하는
슬픈 사랑이지만

예수님의 피 토하는
십자가 사랑은

온 인류에게 영생을
선물로 주는
완전한 사랑이라네.

채송화꽃

색동옷의 지난날
초가집 토담 밑
아빠와 온 가족이 만든
한 뼘의 꽃밭

마을 이 집 저 집
이 꽃 저 꽃 얻어 심은
꽃밭
꼬마 채송화도 따라왔지요

꽃말
'천진난만, 순진, 가련'처럼
꼬마 채송화꽃은

"예수님은 어린아이들과 같이
되지 아니하면 천국에
들어가지 못하리라"
말씀하셨다며

천진난만하게 웃으며
우리 가족과 첫 만남의
인사를 나눴지요.

자귀나무꽃

순례자는
어느 시골 노변
무엇인가 이끌리어
문득 발걸음을 멈춘다

날마다 순간마다 사모하는
세상 가장 귀한 분이
잠깐 현현하시었나

황홀경에 빠지게 하는
자귀나무 꽃송이들 축제
위쪽은 붉고 아래쪽은 흰
꽃 수술이 우산 모양으로
펴진 꽃송이들

꽃말 '가슴 두근거림, 환희'처럼
가슴 두근거림으로 만나는 그분일까

저녁노을까지 입고
하늘 오르시는 영광의 모습인가
마라나타(우리 주여 오시옵소서).

꼬리조팝나무꽃

한여름
노을 비껴 흐르는
도시 노변 공원 한쪽
꼬리조팝나무 붉은 군상들

주변 정원수 가지 속
매미들의 합주에 흥겨워
몸짓놀이를 하네요

꽃말 '은밀한 사랑' 처럼
무엇인가 귓속말로
소곤소곤 간지럼 피워요

먼 훗날
하늘 정원에서도
오늘처럼
아름답게 꽃 피워보자는
은밀한 사랑의
언약이련가?

나팔꽃

여름 새벽 청초한 숲
이슬방울 영롱한 시간
너, 보랏빛 나팔꽃
새벽 단잠 깨우며
기쁜 소식을 전하는구나

만유의 창조자를 찬양하고
꽃말 '기쁜 소식'처럼
여리고성 무너뜨리는 기쁜 소식
만백성에 전하네

너, 나팔꽃
이제 마지막 날
천사들과 함께
주께서 택한 모든 백성
온 땅에서 모으는
기쁜 소식 거룩한 사명
다하리라.

매화꽃

양지 바른 토담에 기대어 선
삼월의 청초한 매화

지난 한 해도
우상과 탐욕으로 살아온
부끄러운 자신을 뒤돌아보며
겨우 내내 인내하며
하늘의 하얀 눈으로
더러운 죄악 모두 쓸어내며
고결 의식 치르고

꽃말 '고결, 맑은 마음, 인내'처럼
오직 하나님나라 들어가기 위해
맑고 맑은 마음 담아
하얀 꽃을 피우고
또 피운다.

제5부

시(詩)가 하늘길 열었다

시(詩)가 하늘길 열었다

카페 유리창
안개가 자욱하다
카푸치노 거품은
뭉게구름 몰고 오고
빛바래지 않은
하얀 그리움도 소복소복
쌓여만 간다

2월의 눈 속
복수초 진노랑 꽃은
가냘픈 얼굴 쏘옥 내밀며
이른봄 마중길 나선다

눈 위엔
당신을 향한 녹슬지 않은
그리움의 발자국이 어지럽다

지금

당신이 안식하고 있는
그곳 가는
하늘길
시(詩)가 열었다.

가느메(細山)

정갈한 이슬에 머리 감은
질막고개 풀숲길 따라
깜장 광목 책보따리가
젖먹이인 양 어깨에 매달려 칭얼거린다

아지랑이 너울 춤추는 동산
삘기 뽑아 한 모금
하늘을 쳐다보고
참꽃 한 줌 따 움켜쥔 고사리손
문둥이 뒤쫓는 헛 그림자에 놀라
한 걸음에 와 닿는
가느메

두드리기 난 양은 도시락
달그락 반찬 그릇 허기져
힘없이 뒹구는 소리

어느새

발치엔 옹기종기 다슬기 초가집들
모락모락 피는 저녁연기가
도둑봉산 뒤로 숨는
해를 그을린다.

11월의 기도

하얀 머리 억새풀 사이로
세월 따라 나서는 11월
이 해 남은 시간 매순간마다
최선으로 넘치는 11월 되게 하소서

아무 열매 없이 스러져가는 잡초가 아닌
속 꽉 찬 김장 배추 닮은
가득 채움의 11월 되게 하소서

속 텅 빈 강정이 아닌
알토란 같은 믿음의 열매 가득 찬 삶으로
주님의 기쁨 되는 11월 되게 하소서

자신을 다 내어주는 나목(裸木) 닮아
후회 없이 이웃을 섬기고 사랑하여
한순간도 자투리 없는 삶으로
주님의 영광이 되는
11월 되게 하소서.

목적 없는 나그네길

먹고 입고 잘 것으로 가득한
나그네의 등짐
수고롭고 너무 버겁다
한번 출발선 떠나면
되돌이킬 수 없는
하늘에 하늘 위 그 어느 곳을 향한
나그네의 길
무거운 등짐 내려놓고
걸으면 쉬울 텐데
누가 깨닫는 지혜를 주리요
그 무엇이 그의 눈을
가리웠나
그 끝점은
영원한 생명의 본향이
기다리고 있는데도.

사우(思友)

산수유 노란 미소 그 가냘픈 사이로
저만큼 높은 기사년 이른봄 하늘이
그리도 파랗더니
어느 사이 굉음이 고막을 때리고
긴 겨울 나들이 갔던 북녘 검은 구름 이내 모여
가슴 깊은 곳 큰골 내어 철 이른 여름비 퍼부어
설운 강물 굽이치게 한다

천지를 가르고 광활한 초원 일구어
싹틔운 소중한 한 그루 나무여!
이른 아침 이슬 주고 모피 입혀
엄동을 보내게 했던 이
어버이 크신 은혜 지어미 애틋한 사랑
덧없는 뜬구름 되었구나
그래도 맺은 작은 포도 알 셋
청초한 꿈 머금고 한여름 향하여
무성히 자라나는구나

벗이여 설워 마라
피는 꽃 지는 잎 솟고 지는 저 태양
끝내는 본향으로 가는 것을
우리 모두 만나리 하나의 영혼으로
벗이여
수고스럽고 무거운 짐 다 내려놓고
하늘 정원 안식 누리구려
영원한 벗이여.

-思慕祭 幽宅 뜨락에서
故 柳在德 親友 夭折을 哀悼하며(當年 44세)

영원한 하늘 소망

이른 아침
뜨락에 핀 하얀 장미꽃
무엇으로 씻었을까
하얀 보조개 가득한
미소 안으로 진한 그리움이
조용히 여울져 퍼진다
다시 돌이킬 수 없는
소중한 이 시간
영원한 하늘 소망
오늘도 여물어가기에
그렇게도
해맑은 미소를 짓는 걸까
마냥 신바람나게.

제가 죄인입니다

주의 심부름꾼 태양이
벌겋게 달아오른 얼굴을
주체할 수 없는 듯
가쁜 숨 몰아쉬며 서산을 넘어간다
태양은 한낮 동안 이 땅을 지켜보았다
−우상숭배, 살인, 강도, 탐욕, 악의, 음란
분쟁, 사기, 교만, 시기, 비방 등등−
태양은 풀무불처럼 끓어오르는 분노
애써 참느라고 붉으락푸르락 노하다
이내 서산으로 넘어갔다
주 은혜의 강에 식히려는가
주여
태양을 달래주세요
이러다 지구가 타 녹아 없어질 것 같아요
제가 죄인입니다
제가….

이런 가을 되게 하소서

논, 밭, 산야
온통 아카시아 하얀 꽃
풍염한 꽃향기
뭇 벌과 나비가
유혹의 소용돌이에 빠져
아우성친다
하늘 익어가는 가을엔
쭉정이 열매들로
볼품이 없네

넓은 들녘
잔잔한 벼꽃들
처음은 더없이 미약하나
쪽빛 가을이 무르익어가면
황금빛 이삭들은
감사하며 고개 숙이네

이 가을엔

고운 단풍 잎새가 아니라
낙엽으로 썩어져
다시 이삭을 맺게 하는
한 알의 낟알로
거듭나는
이런 가을 되게 하소서.

정안수

까치 우는 산마을
두엄 내음 물씬 풍기는 싸리삽짝의
삼간초옥의 뒤꼍
옛 할머니 손때가 찌든 장독대

먼 옛날
어느 여인이 지핀
정성의 씨 불인가
많은 여인들의 무명 저고리

안으로 안으로
연연이 이어져온
새벽녘 촛불 한 자루에
정안수 한 그릇의 소망

지금도 해마다
까치 우는 입시철이 오면
아이 기르는 어머니는

정안수 한 그릇 가슴으로 안고

옛 할머니의 씨 불의 전설로 목축이며
뒤꼍 헐어버린 장독대 주위를
그리도 서성이며
두 손 모아 간절한 기도로
새벽을 밝힌다.

칼국수

구슬땀 정수리 타고
바다 향해 흐르는 복더위 여름
추억도 덩달아 따라나선다

누가 찾아왔나
삼베 적삼 소매 걷어올리고
칼국수 반죽하는 아낙네
가속의 비법으로
구수한 콩가루 배합하고
뭉툭한 반죽덩이 빚어

물푸레 홍두깨로
양손 힘주어 다듬질 끝내고
다소곳이 손가락 모아
손톱 끝 가름으로
한석봉 어머니보다도
더 정연하게 썬다

텃밭 애호박 따다 썰어 넣고
풋고추 참깨 간장 만들어
자신을 제물 드려 인류 구원한
완전한 주님 사랑 녹여
진짓상 차려낸다.

카페 단상

시끌벅적한 보스턴 중심가
플루덴셜 몰 1층 로비
블루 보틀 작은 카페에서
카페라떼 한 잔 주문한
길손은 단상에 빠진다

피어오른 하얀 거품
금세 대서양 성난 파도로
나그네의 가슴으로 돌진한다

17세기 청교도들의 자유, 신앙양심 찾아
뛰어든 대서양
당신은 모든 것 아시고 준비해 두셨다

여호와 이레
세계 지도자들의 요람 하버드대학을 품은
보스턴을 예비하시고 온 땅에 그리도 큰
아메리카 나라를 세우셨다

여전히 동일하신 여호와여
이 나라도 그리하실 줄을
믿고 기도하나이다.

허울뿐인 이름

북쪽 산행길을 시작
염광산 둘레길 산행의
동, 남을 거쳐 서쪽에 위치한
아름다운 이름 꽃동네
상상 이상의 그 무엇이 있을 것 같은 이름
무릉도원일까, 유토피아일까

동쪽에 이르면
어머니 젖가슴 같은 부산항이 시원하다
육이오전쟁 한 많은 애환을
증기 기관차에 빼곡히 실어 나르던 부산역
길고 투박한 뱃고동 소리가
이별의 목 메인 신음조차
무심히 삼키고 떠나던 부산항

지금도 눈을 감으면
남쪽 멀리 영도대교의 풍광을 지나고 나면
마침내 상상 이상의 서쪽 꽃동네가

싸리삽짝 열고 뛰쳐나오는 새색시인가
희희낙락 반갑게 마중을 나온다

수많은 사람들이 지친 삶을
위로받고 인생의 활력을 재충전하는 산
아름다운 그 이름
꽃동네이다

거기에는 수채화 같은 꽃집들은 없고
무너져 내리는 하늘을 떠받치며
여기저기 흩어져 있는 민가들
한가한 골프 연습장
몇 군데 시래기국밥집 민물어탕집 술집

그리고 카페 한 집이
물먹는 하마 입이 되어
등산객들을 넘큼넘큼 삼키고 있네
뭇 벌과 나비들을 이름만으로 꼬드기는

그 이름, 꽃동네

오늘도 화려하게 보이는 이름 찾아
많은 사람들이 쉼없이
헛되고 헛된 길을 헤매네
진리와 생명이 없는 길인데도.

향적봉

가을 안개비 소곤거리는
구천동 깊은 숲 마을 카페
하얀 꽃 피우는
라떼 한 잔 놓고
창밖으로 살포시 스치며
망막에 꽃무지개 피우는
그대와 마주앉아
열정을 불태웠던 그 찻집

지금은
울창한 숲 덕유산 허리를
안개 이불로 휘감아 덮으시는
신묘한 창조주와
만남의 축복 시간을
맘껏 누린다
그대 이름 부르며.

영신부(迎新賦)

겨울잠 설친 꿀벌들이
노란 산수유 작은 가슴 파헤쳐
봄을 훔치고
둥지 떠난 뻐꾸기 골 깊은 숲
송홧가루 날리며 여름을 투정하여도
가을이 와 머물다 간 빛바랜 들녘에
창백한 겨울이 외로이 떨고 있어도
그저 한 길로 걸어만 왔소이다

흙먼지 구름 일고
밤자갈 뒹구는
볼썽사나운 신작로 외길 따라
말없이 걸어만 왔소이다
까닭을 모르는 채 말입니다

흰구름 나그네
무심결에 걸터앉은 산마루턱
어느덧 해 저무는

을미년 마지막 날이더이다
이제 고개 들어
찬란한 구름꽃 타고 떠오르는
병신년 새해를 허락하신 이가
누구인가를 바라보며
진정한 감사 찬양을 부르더이다.

오륙도 갈맷길

저 멀리 시야의 끝
바다와 하늘이 맞닿은 수평선
태고의 숨결을 품고 태어난 해파랑이
끊임없이 이어달리기를 한다

탁 트인 오륙도 스카이워크 조망대에
발걸음을 멈춘 길손
발밑 코발트빛 해파랑이
숨차게 달려온 고단한 삶의 터럭을
말끔히 씻어준다

이기대로 이어지는 갈맷길 벼랑에도
해파랑이 쉼없이 부딪혀 하얀 포말로 부서진다
바다의 신 글라우코스가
육지의 미인 스킬라 여인과의 사랑을 이루지 못한
끝없는 회한과 애증의 표출인가
위대한 창조주에 대한 감사 찬양인가.